Pauli Schussel und Claudia Sommersprosse

Der ungeschickteste Junge der Welt
von Martin Auer
Nicht Mitmachen von Ditte Clemens
illustriert von Anja Verbeek

Lesemaus-Geschichten
herausgegeben von Stefan Wilfert

Serie: Menschliche Geschichten

Oldenbourg

Mit freundlicher Abdruckgenehmigung des Textes für diese Ausgabe:
Martin Auer, Der ungeschickteste Junge der Welt, aus: Martin Auer, Von Pechvögeln und Unglücksraben. © Beltz Verlag, Weinheim/Basel 1989. Programm Beltz & Gelberg, Weinheim.

1. gemäß der Rechtschreibreform korrigierte Auflage 1997

Unveränderter Nachdruck 00 99 98 97
Die letzte Ziffer bezeichnet lediglich das Jahr des Drucks.

Lektorat: Ute Busche und Antje Glimmann
Herstellung: Karina Hack
Satz: Horst Gerbert Layoutsatz-Repro, Haar b. München
Repro: Wartelsteiner GmbH, Garching b. München
Druck und Bindung: Schoder Druck, Gersthofen

ISBN 3-486-**04437**-0

Der ungeschickteste Junge der Welt

Es war einmal ein Junge, der war so ungeschickt, dass er sich mit einem Zwetschgenknödel in den Finger stechen konnte.

Er schaffte es, ein Glas Milch zu verschluckten, nämlich samt dem Glas, und die Mutter musste ihm drei Stunden lang auf den Rücken klopfen, damit es wieder rauskam. Und wenn es wieder rauskam, dann sicher als Letztes.

Er war so ungeschickt, dass sein Fahrrad mit ihm rückwärts fuhr, und wenn er sich die Hosen anzog, steckte er immer mit beiden Beinen in einem Hosenbein, er konnte machen, was er wollte.

Wenn er nasenbohrte, verklemmte sich sein Finger, und der Arzt musste geholt werden, und er war der einzige Junge der ganzen Welt, der sich beim Fußballspielen das Ohrläppchen gebrochen hatte.

„So pass doch besser auf!", sagte die Mutter.
„Sei doch nicht so ein Schussel!", sagte der Vater.

„Der Pauli ist zu blöd zum Scheißen!“, sagte seine Schwester. Und da war etwas dran, denn wenn Pauli auf dem Klo saß, bemerkte er meistens zu spät, dass das Klopapier ausgegangen war. Und dann musste er entweder ein paar Seiten aus dem Buch herausreißen, das er mitgenommen hatte (denn er ging immer mit einem Buch aufs Klo),

oder er musste brüllen, bis ihm jemand die neue Klopapierrolle aus dem Vorzimmerschrank brachte und durch die einen Spalt breit geöffnete Tür reichte. Und dann schämte er sich wieder einmal.

Einmal saß er fünf Stunden auf dem Klo, weil er einfach keine Lust hatte zu rufen und sich dann wieder alle Kommentare anzuhören.
Manchmal brachte seine Schwester ihre Freundinnen mit nach Hause,

um ihnen ihren ungeschickten Bruder vorzuführen. Die Damen baten ihn, ihnen vier Gläser Limonade aus der Küche zu bringen, und dann passten sie kichernd und flüsternd im Vorzimmer auf, wie lange es dauern würde, bis es klirrte.

Eines Tages sagte seine Schwester zu ihm: „Ich habe an das Buch der Rekorde geschrieben, dass du der ungeschickteste Junge der Welt bist. Damit es wenigstens etwas gibt, auf das du stolz sein kannst. Sie schicken eine Kommission her, die alles überprüft, und wenn sie finden, dass alles stimmt, was ich geschrieben habe, kommst du ins Buch. Dann wirst du von uns allen der Berühmteste sein, und deine Familie braucht sich nicht mehr zu schämen wegen dir!"

Die Kommission kam und Pauli aß seine Zwetschgenknödel, ohne sich in den Finger zu stechen; er machte sich nur ganz normale Obstflecken ins Hemd, die nie mehr rausgehen.
Pauli trank seine Milch, ohne das Glas zu verschlucken; er verschluckte sich bloß ein bisschen und spuckte einem Kommissions-Mitglied Milch auf den Rock-kragen.

Er fuhr einen Slalom mit dem Fahrrad
und haute bloß zwei Flaschen um.
Er zog sich einen kompletten Anzug
an und alles, was passierte, war, dass er
sich bei den Knöpfen an der Jacke irrte
und ihm oben ein Knopfloch zu viel
übrig blieb.

„Der Junge ist doch ganz normal dämlich, an dem ist überhaupt nichts Besonderes“, sagten die Kommissions-Mitglieder verächtlich zu Paulis Schwester und zogen gelangweilt ab. Paulis Schwester redete vor Wut eine Woche lang nicht mehr mit ihm und dann war alles wieder wie sonst. Es war wirklich ein trübseliges Leben.

Nicht mitmachen

Als Claudia geboren wurde, klatschte die Hebamme in die Hände. „Das Kind hat 13 Sommersprossen", jubelte sie. Bald kamen die Großeltern, Onkel und Tanten.
„Nein, wie niedlich", sagten sie und zählten die Sommersprossen nach.

Claudia nahm ihren Daumen aus dem Mund und machte „Brrr“, was in der Babysprache so viel heißt wie: „Ich finde Sommersprossen blöd.“ Dann steckte sie ihren Daumen vor Wut in die Nase.

Kurz bevor Claudia in die Schule kam, wurde sie manchmal auf der Straße angesprochen. „Hast du aber schöne Sommersprossen.“
Je nach Aussehen der Person antwortete Claudia: „Und Sie haben einen schönen dicken Bauch.“ Oder: „Sie haben schöne große Ohren.“

Zu Hause sprach sie niemand an, weil die Mutter allen, die zu Besuch kamen, mitteilte: „Dass meine Tochter Sommersprossen hat, weiß sie übrigens alleine."

Nur vor dem ersten Schultag fürchtete sich Claudia. „Wenn die anderen Kinder etwas zu meinen Sommersprossen sagen", erklärte sie der Mutter, „krieche ich unter die Bank."

Doch als Mike schon nach der ersten Stunde rief:
„Neben mir sitzt die Sommersprosse", und mit dem Finger auf Claudia zeigte, versteckte sie sich nicht, obwohl die ganze Klasse lachte.
Claudia nahm langsam ihren Füller aus der Federtasche. Sie schraubte die hintere Kappe ab und drückte ein paar Mal auf die Patrone. „Nun hast du auch Sommersprossen", sagte sie zu Mike.
Ein anderes Kind rief: „Sogar blaue."
Und wieder lachte die ganze Klasse.

In der nächsten Pause ging Claudia zu Mike und flüsterte ihm zu: „Wenn du noch einmal Sommersprosse zu mir sagst, steche ich dir den Füller in den Hintern."
Mike sagte kein Wort mehr, bis zum nächsten Tag, da schrie er mit allen Kindern: „Sommersprosse, Sommersprosse."

Claudia konnte es überhaupt nicht begreifen. Alle machten mit, sogar ihre

Banknachbarin. In jeder Pause wiederholten die Kinder ihr Spiel, auch noch, als Claudia weinte.
Als sie nach Hause ging, riefen ihr ein paar Kinder nach: „Da geht die nasse Sommersprosse." Zu Hause weinte Claudia noch viel mehr.
„Was soll ich dich belügen", sagte die Mutter, „das wird noch eine Weile so gehen. Sie haben ihren Spaß daran, dich zu ärgern. Noch ein paar Tage oder Wochen, dann ist es vorbei."

Das tröstete Claudia überhaupt nicht. Ihr wurde ganz schlecht, wenn sie an den nächsten Schultag dachte. „Irgendwann ist ein anderes Kind dran“, sagte die Mutter, „ein Kind, das vielleicht schielt oder stottert oder nicht gut turnen kann. Es gibt sogar Erwachsene, die einen anderen hänseln, weil er sehr klein oder sehr langsam ist.“

„Da mache ich nie mit“, antwortete Claudia.
„Das ist sehr schwer“, meinte die Mutter, „aber vielleicht gibt es in deiner Klasse ein Kind, das auch so denkt.“
„Nur eins?“, fragte Claudia enttäuscht.
Auf diese Frage wusste die Mutter keine Antwort. Doch sie wusste ganz genau, dass es nur ein Kind schafft, das nicht nur klug, sondern auch mutig ist.

Martin Auer

Eigentlich wollte Martin Auer (geboren 1951) Lehrer werden. Und Schauspieler. Aber es kam anders, er wurde Werbetexter für einen Fremdenverkehrsverein, für Banken oder Waschmittel. Weil es aber sein großer Traum war, wurde er doch noch Schauspieler.
Und zwar in Wien, denn Martin Auer ist Österreicher und wohnt in Wien.
Nebenbei hatte er auch schon immer Musik gemacht. Mit seinem „Krachorchester" hat er auch Lieder für Kinder veröffentlicht. Und weil ihm das alles immer noch nicht genug war, lernte er auch noch Zaubern. Martin Auer ist also ein zaubernder Schauspieler, der Bücher und Geschichten schreibt.

Ditte Clemens

Ditte Clemens wurde 1952 auf der Insel Rügen geboren. Sie lebt heute mit ihrer Tochter und ihrem Mann in der mecklenburgischen Stadt Güstrow. Dort hat sie auch Mathematik und Physik studiert, um Lehrerin zu werden. Sie sagt: „Mathematik ist nicht schwer und kann auch viel Spaß machen."
Schon als Studentin hat sie Gedichte geschrieben und auch Texte für ein Studententheater, in dem sie auch mitspielte. Vor allem aber schreibt sie Geschichten für Erwachsene und Kinder. Am liebsten lustige Geschichten, denn: „Lachen ist auch schon bei Kindern Mangelware."

Lesemaus-Geschichten

herausgegeben
von Stefan Wilfert

NEU

Serie:
Alles Gute!
Herzlichen Glückwunsch!
Frohes Fest!

Bekannte Kinderbuchautorinnen und -autoren erzählen sechs Geschichten zum Thema, Ostern, Muttertag, Weihnachten und zu anderen Feiertagen im Jahreslauf.

In Vorbereitung u.a.:

Am Muttertag ist die Mutter das Wichtigste
von Laura Feuerland, Best.-Nr. 04318-8

Richtig suchen und falsch suchen
von Gudrun Mebs, Best.-Nr. 04320-X

Kirchweih und Kikeriki
von Walter Hörmann, Best.-Nr. 04321-8

Weihnachtszeit voller Geheimnisse
von Tilde Michels, Best.-Nr. 04322-6

Der besondere Tag
von Laura Feuerland, Best.-Nr. 04317-X

Serie:
Menschliche
Geschichten

Elsa
von Gina Ruck-Pauquèt, Best.-Nr. 04441-9

Kaputtes Knie
von Gudrun Mebs, Best.-Nr. 04442-7

Das Nachrichtenband
von Frieder Stöckle, Best.-Nr. 04440-0

Streitlust
von Hannelore Voigt, Best.-Nr. 04438-9

Pauli Schussel und Claudia Sommersprosse
Geschichten von Martin Auer und
Ditte Clemens, Best.-Nr. 04437-0

Tinka ist das tollste Pferd der Welt
von Klaus Peter Wolf, Best.-Nr. 04439-7

Serie:
Tierische
Geschichten

Die Ratte
von Walter Hörmann, Best.-Nr. 12298-3

Auch Mäuse mögen Weihnachtsplätzchen
von Tilde Michels, Best.-Nr. 12301-7

Wie der Tiger überlistet wurde
von Kedar Nath, Best.-Nr. 12299-1

Das Mädchen Eisenstein und der Rabe Fritz
von Klaus Kordon, Best.-Nr. 12304-1

Der Kuckuck
von Bruno Keiser, Best.-Nr. 12297-5

Die Spinne, die Giraffe und die Neugier
Geschichten von Helmut Glatz und
Henky Hentschel, Best.-Nr. 12302-5